GEDRUCKT AUF ELEMENTAR CHLORFREI GEBLEICHTEM PAPIER -
UNSERER UMWELT ZULIEBE

1. AUFLAGE 1991
2. AUFLAGE 1991
3. VERÄNDERTE AUFLAGE 1994

UTE MARIA SEEMANN
MIT EINEM LÄCHELN IM HERZEN
ISBN 3-925323-98-8 (1./2. AUFL.)
ISBN 3-928187-68-6

UMSCHLAGENTWURF: UTE MARIA SEEMANN
DRUCK: JANUS DRUCK, BORCHEN
GESAMTHERSTELLUNG: ZWIEBELZWERG VERLAG
KLOSTERSTR. 23, 34439 WILLEBADESSEN

Seemann - für meine Mutter
Maria - für meine Oma
Ute - für mich

... und ich für Harald

VORWORT

Dieses Buch ist für alle geschrieben,
die es fertig bringen in einer noch so
peinlichen Situation neben sich selbst zu stehen
und über sich selbst zu lachen.

(... und für alle, die nie aufgeben
es lernen zu wollen!)

Denn oft ist der Witz besser,
als die Kränkung groß ist.
Für alle, die es in sich haben,
jenes kleine Lächeln im Herzen
ohne das wir nicht lebensfähig sind...
... und für alle, die nie aufhören es zu suchen.

Viel Spaß beim Suchen und Lesen!

BESTSELLER

Ich lese es - wie in einem Roman.
Mein Gott, wie schrecklich!
Das ist ja furchtbar!
Das arme Mädchen!
Mitleidige Tränen kullern mir über die Wangen.

Eine wirklich kitschige
rührselige
und lächerliche Geschichte.

Wie kann man nur so etwas schreiben?
Einfach unglaublich!
Ich klappe das Buch zu -
- mit einem Kloß im Hals.
Auf dem Einband steht:

... Tagebuch - mein Leben.

MÄUSCHEN SEIN

ich möcht so gern dabei sein
wenn du alleine bist
ich wär ganz still und leise
daß du es fast vergißt
ich wär ganz klein und unsichtbar
wollt nur in deiner Nähe sein
würd mich verstecken
- atemlos -
ich möcht so gern dabei sein
wenn du alleine bist

CHAMÄLEON
INMITTEN EINER IDENTITÄTSKRISE

Es ist so schön
versteckt
der Gefahr zu entrinnen,
davon gekommen zu sein
mit Herzklopfen -
angepaßt
den Farben der Umwelt.

MIR KANN KEINER WAS!

Ich kann mich
nur auch selber
nicht mehr
finden.

DIALEKT

ein Stück Heimat
zum Mithinaustragen
in die Welt

nach Jahren verändert
abgeschwächt
angepaßt

- trotzalledem -

Kindheitslaute gehört
bei Wildfremden
die man draußen
umarmen möchte

- wiedererkannt -

wir haben etwas gemeinsam:
unseren Ursprung

Dialekt -

ein bißchen Heimat
zum Mithinausnehmen
in die fremde Welt

FREUND

egal wohin du gehst
nimm ein Lächeln
von mir mit
es möge dich begleiten
über jede schmale Brücke
jede tiefe Klamm -
dein Schutzengel sein

Freund
egal wie lange du bleibst
wenn wir
uns wiedersehn
werden wir uns erkennen
lachend um den Hals fallen
als wären unsere Seelen
keinen Tag gealtert

Freund
und wenn es nicht mehr reicht
die Zeit zu kurz ist
werden wir
zu anderer Zeit
an anderem Ort
einander gegenüberstehen
du wirst mir
mein Lächeln zurückgeben
und sagen:

ich habe gut drauf aufgepaßt

das ist meine
ganze Hoffnung

SUCHE

wo sind all die
makellosen Menschen
aus
Zeitschriften
und
Filmen?
Sie müssen sich dort
versteckt halten
denn nur ganz wenigen
gelingt
die Flucht
ins wirkliche Leben

LIEBE FRAU

Sie sagen,
meine Texte wären
NICHT SCHLECHT
etwas unreif noch...
Es käme nur einmal Gott vor
und kaum Sterben und Tod.
Es sei halt alles noch etwas seicht
und man würde halt merken,
daß ich in meinem jungen Leben
noch nichts erlebt hätte!

Na danke!
Mir reichts!

Liebe Frau,
lassen Sie mich Ihre Gedichte lesen,
die da handeln
von fallendem Herbstlaub
und sterbenden Astern.
NICHT SCHLECHT!
werde ich sagen...
aber man merkt das Alter.
Das Leben ist halt schon eine ganze Weile her.

FEIGHEIT

ist etwas ganz
Kleines
Mieses

nicht die große
Angst
vor
Schmerzen
Folter
Tod

feige wäre
wenn du jetzt
meine Hand
losläßt

ICH SIEGFRIED, GROSSER KRIEGER

In Schmerzen gebadet -
viele, viele Narben
machen ein Herz hart.

Irgendwo lag ein Lindenblatt.

Liebe ich dich,
vertraue ich dir.

Ich weiß, daß du
Kreuze sticken kannst.
(... zu meinem Schutz ?)

Was soll's !

Lieber immer wieder sterben,
um neu geboren zu werden,
als tot zu leben.

HÖHERE MATHEMATIK

Als ich diesen wunderschönen Jugendstilteller
auf dem Flohmarkttisch liegen sah,
wünschte ich mir,
er möge ein paar Macken oder Risse haben,
damit ich ihn mir leisten könne.

Er hatte. Ich konnte.

Als ich dich sah,
mit all deinen Macken, dachte ich:
"Bestimmt billig!"

Jugendstilteller sind zu Männern
umgekehrt proportional.

STEINE IM WILDBACH DES LEBENS

Ich brauch' sie einfach,
die kleinen Freuden:

ein Lächeln von dir,
den Händedruck eines Nebenmir,
ein "weißt du noch ?"
von alten Freunden.
Ich kann nicht ohne Vorfreude,
ohne Erwartung leben.
Auch wenn ich deshalb
oft enttäuscht bin.
Sie werden mir nie
selbstverständlich werden,
denn ich weiß:

Es sind Steine im Wildbach des Lebens.

Wenn der Abstand von Stein zu Stein
zu groß wird,
werde ich jämmerlich ertrinken.

DAMENWAHL
(HENNENRENNEN)

Du sagst
ich hätte nichts zu verlieren

Sprich ihn doch an!

Männer sind ja so schüchtern!

Vielleicht hast du ja recht...

Aber wie erklärt er seinen Freunden
wie er mich aufgerissen hat?

RÜHR MICH NICHT AN!

sagt mein Blick.
Wie eine abgesetzte Hoheit,
laß ich cool meine Blicke schweifen:

geringschätzend

abwägend

abweisend

WÄH! BLÖDER HAUFEN!

Warum? ... kommt denn keiner ...

I SCHWÄTZ SCHWÄBISCH, OND DU?
(Musikbegleitung: Irish Folk)

Wow! Wahnsinns-Typ! (sagst du)
naja, (sag' ich), ein bißchen overdressed!
Der verbringt seine Freizeit auch in Boutiquen,
beim Bodybuilding und beim Coiffeur.
Ja aber, (sagst du) er grinst so nett!
Er kommt einen Schritt näher, prostet uns zu
(und sagt)
Hallo Mädla! A saumäßig starker Sockahopf, gell?
Raffet eure Röck' ond dansed mit!!!
Ich muß dir recht geben:
Ein absoluter Wahnsinns-Typ.

STARKER MANN

Du könntest mühelos
Bäume ausreißen,
Pferde mit dem Lasso einfangen,
Bären jagen,
ganze Armeen aufhalten.
Ja,
das alles würd' ich dir
ohne weiteres zutrauen.
Nur mit deinem
linken Arm scheinst du
Schwierigkeiten
zu haben.
Er ist so schwach,
daß er es nicht
bis auf meine Schulter schafft.

SUCHT

alles was schön ist übertreiben
solange treiben
bis es ungesund wird:

Essen
Trinken
Rauchen
Lieben

alles viel zu viel!

hoffentlich gilt das nicht auch
für unsere Freundschaft

SO NATÜRLICH!

Sei natürlich
sagst du mir.
Für was sich extra
in die engste Jeans quetschen
Tünche auflegen
und die Haare waschen?
Du bist wichtig!
(nicht das Drum und Dran)

Ich stimme dir kopfnickend bei.

Der Typ vom Nachbartisch
prostet uns grinsend zu.
Du lächelst gestreßt zurück
und fährst dir nervös
durch deine strähnigen Haare.

ENDLICH GLÜCKLICH

weil meine Augen lachen,
mein Herz sich erinnert

und nichts, aber auch gar nichts mehr
WEHTUT

Das ist es wohl:

Das absolute Glück.

GERÜCHT

... wenn ich mich so
zurück erinnere...
... wenn ich mir's recht überleg'...
... wenn ich jetzt auch gleich
ganz bös' Ärger bekomm'...:

Feigheit ist fast immer maskulin.

KONSERVATIV

warum nicht ?
das Gute konservieren :

festhalten
beibehalten
eindosen

die fauligen Zwetschgen auf den Kompost

oder verlangt ihr
daß ich daraus Marmelade mache ?

ZUVIEL TRÄUMEN

sagst du
ist nicht gut.

VERDAMMT!
daß ich aber auch immer
alles falsch mach'!

MÖCHTE DICH

umarmen -
hab' es immer noch
nicht gelernt.

Sehe, wie dich
Andere umarmen:

oberflächlich,
zur Schau stellend.
Haben's auch alle gesehen?

Umarme dich
mit meinem Herzen.

BEI TRENNUNG

wächst die große Liebe
und die kleine schrumpft

ich kann nur hoffen
unsere beiden
haben sich vorher
abgesprochen

KOMPLIMENT

SUPER !!!!
KLASSE !!!!
und noch ein EHRLICH obendrauf.

Doch irgendwie,
hat mich das am meisten gestört.

NEBEN MIR

stehn,
deutlich mich sehn,
um dann zu wissen:

bist schön beschissen!
- lachen dabei -
und ich bin frei!

KUNST

du malst mit Farben
ich mit Worten
und ich bewundre deine Bilder
so hell und schön
mit einem Blicke
einzusehn

du malst mit Tönen
ich mit Silben
und ich bewundre deine Lieder
so sanft und mutig
mit offnem Herzen
zu verstehn

du malst mit Schritten
ich mit Sätzen
und ich bewundre deine Tänze
so spielend und so fließend
mit offnen Augen
dran zergehn

du malst mit deiner Sehnsucht
ich mit meinen Träumen
und ich bewundre deine Stärke
so kraftvoll und so unbeirrbar
du kannst nicht tanzen
                singen
                schreiben
doch ist die größte Kunst dir eigen:

EMPFINDEN

VOGELFREI

Endlich wieder!
FREI!

Mein Schmetterlingsherz
flattert glücklich im Wind
genießt den Sonnenschein
hat alle Tränen abgeschüttelt
Endlich wieder FREI!!!

Nein
da stimmt was nicht ...
kein Schmetterling
wär so blöd
schon wieder heimlich
Ausschau zu halten
nach dem
nächsten Netz
das ihn einfangen könnte

AUSTAUSCHBAR?

DU UND ICH
wir zwei
DU UND EINE ANDERE
ihr zwei
ICH UND EIN ANDERER
also doch:

WIR ZWEI!!!

DIE LIEBE

sagst du,
ist wie der Mond.
Wenn die eine Seite zunimmt,
nimmt die andere ab.
Wenn das so ist,
kannst du sie behalten.

DEINE BLÖDE LIEBE.

LIEBESSPIEL

Ein Sechser!
Ich darf nochmal!
Ätsch, ich hab' dich geschlagen!
Ich hab' keine Männchen mehr im Spiel,
keine Trümpfe mehr.
Aber du,
du schaffst es auch nicht!
Warte nur!
Ich würg' dir's rein!
JA!!!
Endlich!
Vorwärts, vorwärts!
In schnellen Zügen an dir vorbei.
(hihi...)

Mensch ärg're dich doch nicht!
Liebe ist,
wenn man's allein nicht spielen kann.

EINEN PENNY
FÜR DEINE GEDANKEN

- so unnahbar
- so stolz und klar
- so hoheitsvoll
- so schön und rein

was denkst du Liebste(r) mein ?

tapezieren
sagst du
könnten wir auch mal wieder

VERLUST

Habe dich verloren.
Bist mir ganz einfach
abhanden gekommen
im Gewühl des Schlußverkaufs
meines Lebens.

Es hat keinen Sinn
- ganz ruhig -
zu überlegen
wo ich dich zuletzt
hingetan habe.

Du wirst schon
irgendwann mal wieder
- unverhofft -
auftauchen
und ich werde dann
kopfschüttelnd feststellen:
Ich kann ohne dich nicht leben
heißt oft:
Ich will ohne dich nicht leben können.

Bist mir
- ganz einfach -
abhanden gekommen.

Ganz einfach.

Ich lüge wie gedruckt.

VERGANGENHEITSBEWÄLTIGUNG

Wir sitzen zusammen
und frischen
alte Erinnerungen auf.

Du erzählst mir deine,
ich dir meine
und die gemeinsamen ähneln
sich manchmal.

Bis mir klar wird:

Jeder hat sich seine
eigenen gemacht,
um sie zu überleben.

DIALOG

es ist sinnlos
ich weiß es und du sagst:
aber da ist doch noch
dieses kleine bißchen Hoffnung
könnte nicht ? nein ?

nein
es kann nicht sein
antworte ich entrüstet
was glaubst du denn ?
etwa an Märchen ?
absoluter Blödsinn !

Ja, aber vielleicht ?
könnte nicht sein, daß... ?

nein, du hast keine Ahnung
du gehst total an der Realität vorbei
sei doch mal logisch
die Fakten liegen klar auf der Hand

ich mein ja nur...

ach sei doch endlich still...
... du dummes Herz

STREIK

wenn du
dieses blöde Telephon anstarrst
und
es rührt sich nicht
und
du glaubst
mit ganz, ganz viel Drandenken
würds klingeln,
dann tröste dich:
am anderen Ende
sitz ich
und red meinem gut zu

WARTEN

Auf den Bus
den ersten Kuß
die erste Liebe
den Samstag
das erste Mal
die Begegnung mit dem Glück

Immer nur gewartet
Ihr könnt mich alle mal!!!

Da hat mich plötzlich
der Bus gestreift
der erste Kuß umgehauen
die erste Liebe verzaubert
der Samstag war da
das erste Mal war keinmal
Das Glück hat mich einfach -
überfahren!!!

Warum nicht gleich so?

Weil ich darauf gewartet hatte...

MARIONETTENDASEIN

Im Glauben
beim Durchschneiden der Fäden
Pinoccio
zu werden.

GESCHENK

Du lächelst mir zu.
Ich bin glücklich,
denn ich weiß:

Das ist ein Geschenk.

...und ein Geschenk darf man immer behalten.

HANDWERKLICHE FÄHIGKEITEN

Männer
sind wie Wachs in deinen Händen.

Du sagst mir
ich müsse sie
kneten und formen.

Ich hab's versucht.
Bei mir hat's immer nur

gebröselt

GEFUNDEN

über das Grün zum Blau
über die Hoffnung zur Liebe
über Dich
zu ein bißchen mir

GUTE FREUNDINNEN

wie hat er guckt ?
hat er mich angeschaut ?

bestimmt !

wie sind meine Haare heute ?

schön, man kann's lassen

fällt mein Hintern auf
in meiner neuen Jeans ?

überhaupt nicht !

bist du ganz sicher
daß er mich angelächelt hat ?

absolut !
sagte die beste Freundin
und blinzelte ihm zurück ...

LEKTIONEN

Ich habe gelernt,
daß schmale Lippen
wenig Sinnlichkeit versprechen,
    große Augen mit klappernden Wimpern
oft nur Kurzsichtigkeit bedeuten,
    eine große Klappe nicht selten
ein innerer Aufschrei der Verzweiflung ist,
    man Keinem trauen darf,
der einen mit Komplimenten überhäuft,
    einer der nichts redet, weiß warum.

Ich seh' mir die Menschen genau an
und fall' immer wieder
auf meine ganz gewöhnliche Nase.

ES GIBT DOCH EINEN UNTERSCHIED!!!

Ja, wirklich!!!
Einen zwischen
Seele Mann
und Seele Frau

Grad wußt ich's noch
ich hab's vergessen
es wird wohl
nichts Wichtiges gewesen sein.

FEST

freu mich
überhaupt nicht
wäh!
blödes Fest!
Transusen
Lälläbäbbl
dummes Gequatsche
bis zum Morgengrauen
Selbstbeweihräucherungen
lasche Musik
Sauf- und Freßorgie
hab überhaupt keine Lust
hinzugehen
aber ich muß
denn, ich weiß aus Erfahrung:
wenn's mir so davor graust

dann wird's gut

WAS BIN ICH?

Machen Sie eine typische Handbewegung!

(Zunge raushängen, Schultern absacken lassen,
Augen hilfesuchend gen Himmel drehen...)

Sind sie im sozialen Bereich beschäftigt?
Ja (so kann man auch sagen.)

Haben sie mit Kindern zu tun?
Ja (zu tun ist gut...)

Haben sie Urlaubsanspruch?
Nein (was ist das, Urlaub?)

Ist ihr Job gut bezahlt?
???

Haben sie Aufstiegschancen?
Nein (wohin bitte?)

Ist ihr Beruf abwechslungsreich?
Ja (und wie! Ein Mist wechselt den anderen ab!)

Brauchen sie dafür eine Berufsausbildung?
Nein (Man wird ohne Vorbereitung ins kalte Wasser geworfen...)

Haben sie Zukunftschancen?
Ja (Oma werden)

Ist ihr Beruf in der Gesellschaft angesehen?
Nein (Kann man doch so sagen, oder?)

Also ich komm nicht drauf...
Was sind sie denn?

Mutter, Hausfrau, Putzfrau, Geliebte, Organisator, Köchin, Frau von..., Einkäuferin, Näherin, Chauffeur, Wäscherin und Idiot für alle.

Das gilt nicht!
Wir sagten doch ausdrücklich:
EIN BERUF!

SELBSTÜBERLISTUNG

wollte mich selbst austrixen
die feinen Spürsinnantennen eingefahren
wollte nichts wissen
von meinen dunklen Vorahnungen
ich habe nicht gehört
auf das Wichtigste
das ich im Kampf ums Überleben
mitbekommen habe:
auf meine innere Stimme

jetzt sagt sie nur ganz gehässig:
"kommt davon!"

Ach halt doch die Klappe

SCHADE

du sitzt da
starrst auf einen Fleck
und bist unfähig dich zu rühren
Ohnmacht
dein Kopf sagt deiner Hand:
bewege dich!
doch nichts rührt sich
dieses verdammte Bewußtsein
hilflos unfähig
zu sein
dann schlägt laut das Fenster zu
und du fährst erschrocken zusammen

schade

DAS UNVOLLENDETE

viele viele Punkte
ergeben ein Bild

Zeit gehabt in all den Jahren
ein paar der Zusammenhänge
zu begreifen

es sind da noch so viele
helle Flecken
unausgemalt
noch so viele
herumirrende Puzzleteile
nicht an ihrem Platz

ganz gierig
zu erfahren
zu wissen

Angst
beim Klingelzeichen
abgeben zu müssen
bevor es
etwas gleichsieht
dieses Bild Leben

sind nicht oft
die Unvollendeten
die Wertvollsten?

denn sie haben Raum
für Phantasie
und Zukunft
und Hoffnung

ich habe Hoffnung
also bin ich

DIE VERNARBTEN WUNDEN MEINER DUMMHEIT

am Bügeleisen gebrannt
- schmerz -
nur noch zerknittert durchs Leben

beim Ausparken die Ente hinten übersehen
- crash -
nur noch zu Fuß gehen

einen überschwenglichen Liebesbrief geschrieben
- schnief -
keine Antwort bekommen
- gram -
nie mehr Gefühle lila auf weiß

mutig einen Witz gemacht
- kicher -
und die Pointe verschluckt
- pein -
nie mehr lachen

mich an dir verbrannt
nie mehr lieben ?

na siehste... !

BAUSÜNDEN

Oh Städte,
die ihr vor zwanzig Jahren kein Geld hattet.

Bedankt Euch dafür.

Die anderen reißen
Flachdach, Klötze, Bunker ab
und ihr könnt sagen:

Schaut an!

Unsere wunderbaren alten Fachwerkhäuser,
unsere gepflasterten Gassen,
unsere bemoosten, romantischen Stadtmauern.

Wir hatten halt
schon immer Geschmack!

LEBEN

Manchmal denke ich
alles um mich herum
ist nur inszeniert
(einiges dilettantisch -
zugegeben).

All das
Leiden
Lachen
Sterben
Wachsen

Diese Angst
Alles und Jedes könne sich
nach einem

Kaugummiblasenplatzen
in Nichts auflösen.

Leben -
dieses
Altweibersommerspinnwebengewirr

- nur Illusion -

was heißt hier nur.

AMOR

ein Pfeil hat mich getroffen
vergiftet war er ganz bestimmt
jetzt kann ich nur noch hoffen
daß jemand ganz Bestimmtes
das Gegenmittel find'...

SICHER

unsere Köpfe sind hohl -
wir wissen es

unsere Herzen sind leer -
wir spüren es

unsere Gedanken sind im Grunde
alle nutzlos -
wir merken es so nebenbei

doch wozu sterben?
Es lebt sich gut so.

OHNE VERANTWORTUNG

MEINEN WEG

Für Klaus Hoffmann

soll ich gehen:

unbeirrbar
stark und
stolz

ich erträume mir
eine breite Straße
auf der alle mit mir gehen können
die ich liebe

doch
die Augen geöffnet
sehe ich nicht einmal
einen Trampelpfad

bewaffnet
mit der Machete der Hoffnung
und perlenden Ängsten auf der Stirn
kämpfe ich mich durch das Dickicht der

Liederlichkeiten
Gefühlsspinnweben und
verlorengegangenen Traumnebel

bis ich beim Zurückblicken
etwas Pfadähnliches hinter mir entdecken kann:

der ureigene Weg
kommt erst beim Gehen

SEHNSUCHTSTRAUM

die Sonne scheint
und ich sitz hier
mit all meinen Träumen
verpackt in rosa Kreppapier
hab Angst dich zu versäumen

ich würd wer weiß was geben
könnt ich jetzt miterleben
was du grad tust

tu's doch mit mir!

FÜNFZEHN

Jahre bin ich alt,
enttäuscht,
unglücklich verliebt.
Mein ganzes Weltbild ist mal wieder -
zusammengebrochen.
Alle gleich!
Meine Mutter sieht
mich lächelnd an,
streicht mir über die Haare
und bemerkt kopfschüttelnd:
"Kind, Kind...
Wenn du dich anlehnen willst,
halt dich nicht an einem Mann fest.

Such dir ein Geländer"

AUS DEN AUGEN AUS DEM SINN

ich hatte solche Angst davor

AUS DEN AUGEN AUS DEM

ich hob meine klammen Hände
zitternd
über das kleine Flämmchen Erinnerung
zum Schutz
gegen den bösen Wind des Vergessens

AUS DEN AUGEN AUS

das Bild von dir
in meinem Herzen verblaßt
zögernd
wie ein Photo das zu lange
in der Sonne lag:
nicht lichtecht

AUS DEN AUGEN

ich hatte solche Angst davor

AUS DEN

weil ich wußte
daß ich mit meinen
dunklen Vorahnungen
recht behalten würde
ich kann Leute nicht ausstehen
die immer recht haben

AUS

FASSADENERNEUERUNG

Renovierungsarbeiten
jahrelanger Dauerstreß
hat Zeit
Nerven
und Geld gekostet

und jetzt kommst du
und willst sehen wie's im Keller aussieht

ÜBRIG

laß mich nicht die Letzte sein
so sehr ich an dir hänge
Leben
laß andere um mich weinen
die ich liebte
ein einfaches Holzkreuz
das verrottet
wie die Erinnerung an mich
nicht Stein will ich sein
keine bunten Kränze
von Fremden gebunden
keine lieblose Grabpflege
von beziehungslosen Händen
ab und zu
ein Wiesenblumenstrauß
und ein Gedanke an mich

nur bitte
laß mich nicht die Letzte sein
die geht

ALLES VERKEHRT

Du bist so nett zu mir.
Es tut gut, zugegeben.
Ich nehm' es an,
so nebenbei.
Je weniger es mir bedeutet,
desto mehr
strengst du dich an.
- liebevoll -
Es ist schon fast beschämend.
Merkst du denn nicht,
wie mein Herz
an dem da drüben hängt ?
... an dem, der mich
so ignoriert,
wie ich dich ?

HERBSTGEFÜHL

Der Sommer ist -
- mal wieder -
- vorbei

noch ab und zu ein paar sonnige Tage,
damit es nicht ganz so schwer fällt.

Die Liebe ist -
- mal wieder -
- vorbei

BITTE!

noch ab und zu ein Lächeln,
damit ich mich im Winter daran
wärmen kann.

EIN BUNTES PFLASTER

Nach so vielen Jahren
sagst du mir
es täte dir leid

Ich seh' dich an
und fühle keinerlei
Genugtuung

Es ist so
als hättest du
ein schönes buntes Pflaster
auf eine häßliche alte Narbe
geklebt:

schön anzusehen

LIEBESERKLÄRUNG
AN EINE STUNDENBEKANNTSCHAFT

du
am Wegesrand
Sekunden nur gesehen
hattest schon einen Platz
an meinem Herzenshimmel
eingenommen

du
ein ganz kleiner strahlender
Stern

ich hatte ihn
schon so lange
für dich
freigehalten

ILLUSION

wenn mich mal
jemand bittet
in das Buch
das ich verbrochen habe
eine Widmung zu kritzeln
werde ich reinschreiben:

es ist so einfach
einen Namen auf Papier zu schreiben
mir wär lieber
meiner stünde in deinem Herzen

NACHWORTE (Danksagung und mehr oder weniger qualifizierte Bemerkungen)

Gedankt sei Frau Fuchs, meiner Berufsschullehrerin, die mir in zum Brüllen komischen Situationen (z.B. SMV-Sitzungen) zuzwinkerte und mich somit ermutigte, satirische Beiträge für die Schülerzeitung zu schreiben.
Sie war sozusagen mein erster Fan.
Ebenso ergriffen (schnief...) war ich von Heidi, als sie mir ein kleines Notizbüchlein schenkte mit den Worten, ich solle mir doch meinen Frust von der Seele schreiben (und zwar so, wie mir der Schnabel gewachsen ist...).
Nicht zu vergessen Christel, die mir selbstlos ihre Schreibmaschine anvertraute, ohne die Gewißheit, sie jemals wiederzusehen; und Esther, die unter Zeitdruck nachts noch am Kopierer stand, weil mal wieder was unbedingt fertig werden mußte.
Mein ungebremster Dank gilt ebenso Dieter, der sich Nächte um die Ohren schlug, weil er versuchte, in seinem Mini-Heimcomputer aus "ae"-s "ä"-s zu machen und Harald, der mich nun schon elf Jahre erträgt und nachts selig weiterschläft, während ich mal wieder - von einem Chor Musen geküßt - aus dem Bett springe, um etwas ganz Wichtiges niederzuschreiben.
(Er ist auch in keiner Hinsicht eifersüchtig, da seiner Meinung nach Musen weiblich sind...)
Petra möchte ich erwähnen, die mich auf ihren Lieblingsvetter Oliver aufmerksam machte und eben diesen Oliver, der mich davon überzeugen konnte, daß das Einfachste oft das Beste sein kann. Er hatte die Idee zur Gestaltung des Buchtitels mit meiner eigenen Schrift.
Und natürlich sind da noch meine Eltern, die mich zu dem gemacht haben, was ich bin; meine Kinder, die diese Tradition fortsetzen und unser Hamster Purzel...
Bevor ich mich jetzt noch bei meinem Benjamini bedanke, daß er mal wieder gerade keine Blätter fallen läßt, gebe ich das (Nach-)Wort an andere weiter:

Jetzt schick des Deng scho endlich weg !
HARALD (31) - Göttergatte der Autorin - kommentiert die notorische Antriebsschwäche selbiger, als diese das Wegschicken des Manuskriptes qualvoll hinauszögert...

I hätt' nie denkt, daß mei dubbliche Schwester so was nabrengt SEPP (19) Bruder der Autorin

Oh Kind ! Ich gönn' dirs ja !
ADELE (57) Mutter der Autorin

Toll ! MANFRED (49) Vater der Autorin

Jetzt wirsch reich !
GUDRUN (57) Schwiegermutter der Autorin

Mama ? Was schreibsch denn da ? Glaubsch, des wird was ? CHRISTIAN (11) STEFFEN (8) Söhne der Autorin

Klasse.... BIRGIT (30)

Ich wollt schon immer Schriftstellerin werden ! Ich fang gleich damit an ! CORINNA (24)

Typisch Ute ! MARINA (30) und AGNES (30)

Das schönste Wort in Deinem Buch ist: Hoffnungshoffnung ANNI

Dürfen wir deinen Namen angeben ? Bei einer Tischreservierung in einem exclusiven Restaurant, oder so ? Jetzt, wo du doch berühmt wirst...
ANDREA (18) KARIN (27)

Wird des au no bis Weihnachta fertig ? I bräucht a billigs Gschenk ! XXX (Name der Autorin bekannt)

Des Gedicht isch vom Wilhelm Busch ? Ich dacht des wär von dir ! JOCHEN (27) Schwager der Autorin

Genau so, Genau so ! Dieser Text trifft genau meine momentane Lebenssituation. Wie heißt das Buch und wo kann mans kaufen ? KLAUS (30)
(Anm.d.Autorin: Diesmal wars wirklich von mir...)

Jetzt zahlsch aber a Runde !
JAHRGANG 60/61 beim Stammtisch

Krieg i jetzt mei Schreibmaschin' wieder ?
CHRISTEL (30)

... und sprachloses Entsetzen beim Rest...
(die Gedanken sind frei... düdeldi...)

und hiermit danke ich allen Unbekannten und/oder Ungenannten die mich

provozierten

Es

zu schreiben

INHALTSVERZEICHNIS

SUCHT II

Alles Schöne
solange treiben
bis es ungesund
oder einfach zuviel
wird:

Rauchen
Essen
Trinken
Lieben ...

Hoffentlich gilt das
nicht auch
für

Band zwei...

Diese Bücher aus unserem Verlag dürften Sie auch interessieren:

Schade, daß du gehen mußt
ISBN 3-925323-20-1 Dieses
"Keineswegs versponnen esoterisch und blind klagend präsentiert sich das schmucke Bändchen. Diese Anthologie von Gedichten und Geschichten über Abschied und Tod atmet vielfach geradezu gelassene Heiterkeit und weise Einsicht ins Unabänderliche. Wer vom Schicksal geschlagen ist, wird Trost finden im allgemeingültigen Klagen und Anklagen gegen die Unausweichlichkeit des Fatums. Philosophisches und Anklagendes, Weises und Auflehnendes enthält dieses Bändchen: Ein Wegweiser für Menschen, denen ihr Schicksal nicht gleichgültig ist." (Österreichisches Literaturforum)

Wenn das Ende nicht mehr weit ist
ISBN 3-925323-68-6
Die zweite Textsammlung zum Thema Sterben und Tod.

Weit hinter dem Regenbogen
ISBN 3-925323-80-5
Das dritte Buch mit Beiträgen zum Thema Sterben.

Wie ein Baum, der gefällt wird
ISBN 3-925323-22-8
Eine literarische Auseinandersetzung mit unserer Umwelt & ihrer Zerstörung.

Das sind die Starken im Leben ... die eigenes Leid vergessen und andere glücklich machen.
ISBN 3-925323-36-8
Ein Buch über Menschen, die versuchen, ihr Leben zu meistern.

Ich such' Dich in jedem Gesicht
ISBN 3-925323-81-3
Nach 'Das sind die Starken im Leben' eine weitere Textsammlung, die sich mit "Mitmenschlichkeit" auseinandersetzt.

JEDES BUCH IST AUF FARBIGEM PAPIER GEDRUCKT, ILLUSTRIERT UND KOSTET DM 12,-

Gedichte und Erzählungen verschiedener Autorinnen und Autoren: Textsammlungen über Liebe bei Zwiebelzwerg

Es bleibt eine Narbe zurück
ISBN 3-925323-16-3
Unsere erste Anthologie, die sich mit dem Thema 'Liebe & Trennung' beschäftigte.

Du tust mir weh
ISBN 3-925323-17-1
Kurz danach das zweite Buch zu diesem Thema, zu dem es so viel zu schreiben gibt.

Es muß wohl Liebe sein
ISBN 3-925323-21-X
In diesem Buch beschäftigen sich Autorinnen und Autoren mit dem Thema Liebe, ohne schmerzliche Aspekte.

Immer wieder Herzklopfen
ISBN 3-925323-47-3
Die vierte Anthologie zum Thema Liebe. Ein besonders dickes, spannendes und schillerndes Buch!

Es schneit in meinen Gedanken
ISBN 3-925323-71-6
Nach vielen Bücher über Liebe - meist ohne schmerzliche Aspekte - nun eine Textsammlung, die sich nur mit dem Liebeskummer beschäftigt.

Ich lieb' mich verrückt
ISBN 3-925323-72-4
Das Thema 'Liebe' ist unerschöpflich - jederzeit können neue, schöne und wichtige Texte dazu geschrieben werden, die für den Leser ein großes Vergnügen sind, aber auch eine wichtige Erfahrung sein können.

Heimliche Liebe
ISBN 3-925323-83-X
Der Titel sagt alles über die Thematik dieses Buches!

JEDES BUCH IST AUF FARBIGEM PAPIER
GEDRUCKT, ILLUSTRIERT UND KOSTET DM 12,-